El Cuento del Conejo Pedro

Basado en el relato y las ilustraciones originales de

 Beatrix Potter

Traducido al español por Inés García Botana

ISBN: 1-40372-280-3 (M) 1-40372-456-3 (X)
15090/0106 SP Peter Rabbit
Printed in the U.S.A. Impreso en EE.UU.
06 07 08 09 LBM 10 9 8 7 6 5 4 3 2

Había una vez cuatro conejitos, y sus nombres eran Copito, Trapito, Pompón y Pedro.

Vivían con su mamá en un banco de arena, debajo de la raíz de un enorme abeto.

Una mañana la señora Coneja les dijo: "Mis chiquitos, vayan a corretear por el campo o por el sendero,

pero no vayan al jardín del señor McGregor. El papá de ustedes tuvo un accidente allí. ¡La señora McGregor lo metió en un pastel!".

3

"Vayan a correr y no hagan diabluras.
Me voy de compras".

Entonces, la señora Coneja tomó su canasta y su sombrilla, y se fue a la panadería a través del bosque. Compró una hogaza de pan y cinco bollos con pasitas.

Copito, Trapito y Pompón, que eran unos conejitos muy buenos, fueron por el sendero a recoger zarzamoras.

Pero Pedro, que era muy travieso… ¡se fue derechito al jardín del señor McGregor…

… y se escurrió por debajo de la reja del jardín!

Primero, comió un poco de lechuga y algunas
habas, y luego siguió con algunos rábanos.

Y después, sintiéndose algo mal, fue a buscar un poco de perejil.

Pero al final del enrejado donde estaban los pepinos, ¡a quién se encuentra sino al mismísimo señor McGregor!

El señor McGregor, que estaba arrodillado en el piso trasplantando brotes de repollitos…

… pegó un salto y corrió detrás de Pedro, agitando un rastrillo y gritando "¡Detente, ladrón!".

Pedro estaba muerto de miedo. Corrió por todo el jardín porque se había olvidado el camino de vuelta a la reja.

Entre los repollos, perdió uno de sus zapatos, y entre las papas, perdió el otro.

Después de perderlos, corrió con sus cuatro patas, mucho más ligero, así que yo creo que hubiera podido escaparse del todo si no hubiera tropezado, desafortunadamente, con una mata de grosellas. Se quedó atrapado por los grandes botones de su chaqueta, que era nueva, azul y con botones de bronce.

Pedro se dio por perdido, y varias lagrimotas rodaban por su carita, pero sus sollozos fueron oídos por unos amistosos gorriones, que volaron hacia él con gran entusiasmo y le suplicaron que intentara liberarse.

En el preciso momento en que el señor McGregor apareció con un tamiz, con el que se proponía atraparlo, Pedro se escurrió dejando su chaqueta detrás de él…

… y se apresuró al cobertizo y saltó dentro de una regadera. Hubiera sido una buena idea ocultarse en ella, si no hubiera estado tan llena de agua.

El señor McGregor estaba absolutamente seguro de que Pedro estaba en alguna parte del cobertizo, quizás oculto debajo de un tiesto de flores. Comenzó a levantarlos, uno por uno, mirando debajo de ellos. De repente… Pedro estornudó: "¡Achís!".

El señor McGregor, sin perder un minuto, estaba tras él… y trató de poner su pie sobre Pedro, pero Pedro saltó por una ventana descalabrando tres plantas. Afortunadamente, la ventana era demasiado pequeña para el señor McGregor, que ya estaba muy cansado de correr detrás de Pedro, así que volvió a su trabajo.

Pedro se sentó a descansar; le faltaba el aliento y temblaba de miedo, y no tenía ni la menor idea de qué camino tomar. Y, además, estaba todo mojado por haberse sentado en esa regadera.

Después de un rato, empezó a vagar por ahí, yendo a los saltitos, tapatín…, tapatán…, no muy ligero y mirando para todas partes.

Encontró una puerta en una pared, pero estaba cerrada, y no había espacio para que un conejito gordo se escurriera por debajo.

Una señora ratona iba y venía correteando sobre el umbral de piedra, llevando arvejas y frijoles a su familia en el bosque.

Pedro le preguntó el camino a la reja, pero la ratoncita tenía una arveja tan, pero tan grande en su boca que no le pudo contestar. Sólo pudo negar con la cabeza. Y el pobre Pedro se puso a llorar.

Entonces, Pedro trató de encontrar el camino atravesando el jardín, pero cada vez estaba más y más confundido. De pronto, llegó a un estanque donde el señor McGregor llenaba sus regaderas.

Una gata blanca tenía los ojos fijos en los peces de colores. Estaba sentada muy, muy quieta, pero de vez en cuando la cola se le movía como si estuviera viva. Pedro pensó que era mejor irse sin hablarle. Su primo, el Conejito Benjamín, ya le había contado historias sobre los gatos.

Volvió hacia el cobertizo, pero de repente, muy cerca de él oyó el sonido del azadón: "scri-ich…, scra-ach…, scri-ich…, scra-ach…". Rápido, rápido, Pedro corrió a esconderse debajo de los arbustos. Pero de pronto, como no sucedía nada, salió y se trepó a la carretilla, y desde ahí espió. Lo primero que vio fue al señor McGregor usando el azadón en las cebollas. ¡Le daba la espalda a Pedro, y más allá de él estaba la reja de salida! 19

Sin hacer ruido, Pedro se deslizó de la carretilla, y comenzó a correr tan rápido como podía, a lo largo de un camino recto detrás de unos arbustos de grosellas negras.

El señor McGregor lo descubrió en la esquina, pero a Pedro no le importó y se deslizó por debajo de la reja. Por fin estaba a salvo en el bosque fuera del jardín.

El señor McGregor colgó la pequeña chaqueta y los zapatos como si fuera un espantapájaros para asustar a los cuervos.

Pedro no paró de correr ni miró
hacia atrás, hasta que llegó a su casa
en el abeto grande.

Estaba tan cansado que se
desplomó sobre la suave y linda arena
en el piso de la madriguera, y por fin
cerró los ojos.

Su mamá estaba muy ocupada
cocinando, y se preguntaba que
había hecho Pedro con su ropa.
¡Era la segunda chaquetita y pares
de zapatos que Pedro había perdido
en dos semanas!

Siento decirles que esa noche Pedro no se sentía
muy bien. Su mamá lo metió en la cama y le hizo
té de camomila, y le dio un sorbo a Pedro:
"Una cucharada a la hora de dormir".

Pero Copito, Trapito y Pompón disfrutaron
de pan, leche y zarzamoras para la cena.